KB200249

청어詩人選 485

장미의
계절이
오면

허영화 시집

청어

장미의 계절이 오면

허영화 지음

발행처	도서출판 **청어**
발행인	이영철
영업	이동호
홍보	천성래
기획	육재섭
편집	이설빈
디자인	이수빈 | 구유림
제작이사	공병한
인쇄	두리터

등록　1999년 5월 3일
　　　(제321-3210000251001999000063호)

1판 1쇄 발행　2025년 5월 16일

주소　　　서울특별시 서초구 남부순환로 364길 8-15 동일빌딩 2층
대표전화　02-586-0477
팩시밀리　0303-0942-0478
홈페이지　www.chungeobook.com
E-mail　ppi20@hanmail.net

ISBN　　　979-11-6855-340-8(03810)

장미의 계절이 오면

허영화 시집

시인의 말

따스한 꽃이 피고 지는 봄날,
그림을 그리는 마음으로 가만히 생각에 잠긴다.
붉은빛이 하늘 가득 퍼지고, 오렌지빛으로 물든 일상에서
하루가 저물기 전의 풍경을
누군가와 함께 바라보고 싶었다.

하지만 누군가에게 명확히 말을 건네지 못하는 마음은
노을에서 달빛으로 스며들었다가,
이내 공허함으로 번진다.
온 마음을 다해 이야기하듯 세상에 피어난 꽃들은
바람결에 흔들리며 내 슬픔을 살며시 건드려 애틋했다.

되풀이되는 삶 속에서 우리는 감정을 흘려보내고,
오래도록 간직한 기억 속에서
잊지 못할 하나를 놓아주고,
또 다른 하나를 채우며 그렇게 하나씩 배워간다.

여전히 새벽이면 자연스레 눈이 떠진다.
창밖으로 붉은 햇살이 스며드는 그 순간이 고맙다.
그럴 때마다 당신께 고마움을 전하고 싶어
스스럼없이 마음속 깊은 이야기를 꺼내 놓는다.

차례

2부 달에게 주는 시

3부 친밀한 관계에서

4부 만나러 갑니다

1부

꿈틀거리는 나의 나

춤추듯 날아가는 나비처럼
살랑거리며 사람 밖으로
밖으로 날아올라
푸르른 한여름이면
무겁고 답답한 마음 버리고
아주 멀리 떠나리

새해의 빛

치솟는 태양
차디찬 살을 에던
새벽녘 물든 햇살
하늘로 날아서 붉어

사람들은 모두
해운대 백사장에 서서
진실을 말하듯
해안가를 바라본다

모든 것이 뜻대로,
새해 파도는 해안으로
연인들이 소곤대는
뜨거운 사랑으로 여기고

솔바람 안고 휘돌아 온
붉고 붉은 태양
우리의 이마 위로
아름답게 커지듯 천천히

고백 같은 말,
두 손 모으는 기도
바닷물로 스며드는 것,
온종일 밝아오는 빛
빛나는 모습 고즈넉하다

기차를 타고

멀지 않은 곳에
흘러간 인생
고운 색으로
수놓은 가을빛

파랗게 높은
가을 끝자락
닿는 추억마다
가슴 스미는
홀로 된 외로움

여행의 단꿈

오늘만큼은 기분 좋게
고단한 일상생활에서 벗어나
햇빛 속 숲길을 따라서
걷는 아름다운 바깥 경치

호호호혹 산새 우는 소리
갇혔던 하루는 지나가듯
뭉게뭉게 흰 구름 얹어놓고
산들바람 부는 하늘에 누워
내 모든 피로 흘려보내리라

허난설헌

가슴속 품은 불씨
갯물처럼 흐르고
고고한 그리움으로
가슴 터지도록
창백한 먼 울음소리

새봄이 올 때마다
싸리문 너머로
한낱 뙤약볕 한 뼘마저
그리워하였을 시름

그녀는 미선나무꽃
그윽한 향기 떠날 때
남몰래 시를 지었고
야위어가는 나날
여름밤 송이송이
분홍빛 꽃 덮었어라

해거름 지는 황금빛
꽃향기 여미는 얼굴 위
보름밤 환하게 비출 때
눈물은 향기로 채워
머물다 그 빛 사라지고
소리 없이 새벽마다
아픔꽃 떨구었으리라

뮌헨의 단편

햇살 가득한 정오
무지개만 쫓아가는
뮌헨의 날씨

바람마저 가만히
손안에 잡힐 것만 같아
꿈을 꾸는 하늘
수평선 한눈에 펼쳐져

고운 님 얼굴 보듯
한결 빛나는 눈빛
유혹에 즐거우리라

그날의 회상

세월이 바랜
두근거리는 빨간 망설임
미소를 짓고,

구름에 가려
나타났다가 사라지는
한밤중 달빛
주위를 꿰어내 바라본다

가시나

가슴 마구
들이치는
아찔한 이름
떨어진 감나무 아래
별말 없이
울음 터트린 듯

마음 앞에 꽃잎 한 장
별똥별에서 뚝
떨어진 좋았던 순간
사랑스러운
꽃, 이름으로
속살 태웁니다

참 예쁘다고

여름비 오는
아침, 지윤이가
부산에서 왔다
이미 슬그머니 온
다정한 말 고파 있었나

때때로 그렇듯
뭐, 웃고 싶을 말
잊고 있던 잘 익은
빨간 과일 따듯
내게 다시 돌아와

머뭇거리지 않고
얼굴이 이쁘다지
우리 서로 채워주는
네 모습 보고 있으니까
아직도 당신
참 이쁘시네요

한 여름밤

젖은 가슴팍에
매일매일 목이 터져라
어스름, 해 질 녘마다
밤을 노래하는 매미
심장을 깨우는
가슴속 찬바람 휘어지고
뜨거운 햇살 뼛속까지
깊이 껴입은 밤

바람은 흔들림으로
보고픔, 가슴속 훔치고
하얗게 잊으라며
어두워진 낙동강
물결 그토록 애태울 테지

우물 속에 핀 꽃

버려둔
우물 속 가엾이
피어난 꽃이여
캄캄한 속에서
홀로 청초하게
피어났구나

깊어지는
아득한 햇살
내려앉을 때
누군가는
어둠 속에
경이롭게 핀 꽃
들여다볼 테지

악몽

고요하고 스산한
노르웨이 툰드라
두꺼운 얼음장, 녹지
않고 눈으로 덮여
생각은 오늘밤

노르웨이 툰드라
녹지 않는 땅,
돌아다니면서
먼 길 때때로
좀처럼 돌아오지 않는
부는 바람 소리에

불을 켜고
뜬 눈으로도
나는 겁을 먹는다

이명

소리의 흔적은
닿을 수 없는
떠나간 모든 시간
술잔을 비우는 동안
지금이라도 모를
차갑던 쓴웃음
너와 함께할 날들
어루만지는 귓속
소리만 벗어두고서

난 어쩔 줄 몰라
묻는 호수 같은 덫에
바뀔 건 없겠지
무작정 떠나 보고
싶은 내 안에
숨어있는 소리,
스치는 어느 저녁
떠돌던 구름
내게서 사라진다

진심

아, 구름은
먹구름 속의 환한
한 줄기 빛이
이름 모를 새처럼
무슨 소용인가요
어찌하여
서툰 사람됨이 더
정직해도 거리감으로
모두 씻겨지는 것이
아니지요

책을 읽는 것처럼
얼굴 덮어씌운
우리를 가리어 줄
나름의 이유가
얽혀 있으니
꿈길에 띄운 달
가까이 가고 싶어

손에 꼭 쥐고 싶은
말간 진실이기에
난 이제야말로
당신을 위한 눈길로
자두꽃 하얗게 피어
이토록 투명한
모든 마음 달려가
펼칠 줄 몰랐으니

꿈틀거리는 나의 나

산그늘 여미는 앞섶 길
여린 달빛 조각 부둥켜안고
한동안 잊어버리고 산 나
한밤 꿈속에서
보얗게 다가온 꽃잎
이름 없이 되려 생각이 나고
춤추듯 날아가는 나비처럼
살랑거리며 사람 밖으로
밖으로 날아올라
푸르른 한여름이면
무겁고 답답한 마음 버리고
아주 멀리 떠나리

사춘기 아이들

들녘으로
씨알 굵은 벼를
바라보며
하루가 다르게
변해가는 성장기 몸

거뭇거뭇하게 난
코밑 털
울대가 도드라져
굵어져버린
어색한 목소리

아이들의 몸을
만지고 싶어도
편안하지만은 않은 것을
은근히 서운할 때가 있고,

그래도 살아가는데
실타래 풀듯이
가멸찬 감성은 닮은 편이다

별로네

그다지 주목받지 못한 인생
바람은 싸리비가 되어 억지로
쓸어 버리고

그 속 까맣게 그저
괜찮다 괜찮다, 몸을 낮추느라
저리고 저린 바람
마음에서 버틸 뿐

2부

달에게 주는 시

낯익은 끝없는 상상을
길어 올리는 그림
떠난다 할지라도
아픈 삶 가시만으로
버티는 장미는 모를
감춰둔 사랑,
떠올려 보는 것이지요

부끄러운 작약

향기를 얹은 5월이면
부끄럼 타는 뻗은 손끝 떨리고,
귓전에 들리는 달콤함
녹이는 환한 표정 지으며

우윳빛 소녀여, 소녀여
뭉게뭉게 구름은 다소곳이
빚어낸 저린 가슴 담아
누구를 떠올리는 것일까

밝은 달, 비가(悲歌)

먼 길 올려다보며
독경 외우는 닭 울음소리
하늘 닿게 퍼지는
떠나는 늙은 상엿소리
한 가지 끝으로 멀었더라

동화사

드높이 해가 떠 있는
푸른 하늘 마주하고
고운 제비 우는소리
깊고 깊은 침묵 뒤따라와
마음 모람모람 발걸음
멈추고 손을 내밀었다

둔치 땅 사이사이
자라난 오동나무 잎
흔드는 팔공산 경치
팔각지붕 처마 끝에
산들바람 부드럽게 불면
봉황문으로 올라가
한가득 평화로워라

대웅전 앞 바람 부는 날
여럿 세운 비각들을 지나
돌부리에 풀들이 낮게
자라 있는 계곡물을 따라
고요 속 동화사 풍경,
비로소 동화사 올려보면
마음 그대로 가라앉아
아늑하고 차분해집니다

기다리지 못한 말

철길을 따라 간
반짝 언성 높여
가는 길 어둡게 한 말
무슨 말을 못 하겠네

사람이 살지 않는
황무지 같은 말
깨어져 점점
말로써 말을 삼키고

어쩌자고
옭아맨 말 때문에
너를 잃을까
삐죽삐죽 긴 부리로
하늘을 쪼고 있다

되돌아볼 새 없이
굶주린 앞선 새 울음 듣다가
귓속말 점점 커져가고
말은 주저앉아도
감정은 눈멀게 하는 것

희망을 잃어버릴

머물지 못하는 말로

쉴 새 없이 생각에 잠겨

앞만 보고 가던 길

뒤돌아보면 어둡고 되살아나

일광 바닷가

봄비 내릴 무렵
일광 바닷가
멍하니,

대답을 잃은
파도는 그것도 모르고
흠뻑 너로 젖어들어
탄산수처럼 아픈데

울적한 물비린내가
왜 이다지 스며들어
내 마음은 또 다른
은은한 히아신스 향기

비 내리는 맘속에
흥건히 고였던 그녀
미움도 없이 기억될까
안개 쌓인 태엽이 감기고

이름 잊혀진
이 외로움 버린다 해도
살아 속삭이는 빗소리
눈을 감고
떠올린 영롱한 그녀
바라보며, 눈물 내린다

잊은 것이 아닌데

2년 전쯤
바람을 안고
수국 만 송이 끝없이
한참을 보라보다

머물러 있는 텅 빈
한 귀퉁이 생각
하염없이 날아가

문득 그녀는
하얀 가디건에
빨간 치마를 입었었고

서울 마당에 묻어놓은
꿀단지가 있는지
흥겨워 춤추는
나비 따라 날아갔다

연인에게 주는 충고

처음부터 날 데려온
선택받은 어느 계절에
그토록 사랑해
보았느냐고 묻거든,

작은 고양이 발등에
애가 타 포기하지 않는
그 가슴속 묻힌
안개는 조용히 앉아

단 한 번이라도 말없이
사랑을 받아 보았느냐고
작게 물어보고 말한다면

설레는 마음으로 찾아온
전율하는 눈빛 가득한 사랑
단 한 번이라도
전해 주었느냐고 되물어보아라

희미한 빛

포도나무 가지
끝에 매달린
살려주세요,
앙상한 외침
제 몸 겁에 질려
간절한 눈에
뿌려지는 눈물
순식간이지만
따라갈 수 없는
함께할 수 없는
꿈결 속으로 날아가

품을 수 없는 몫
충혈된 심장의
안타까움 되물어
소리 없는 숨결
비명 소리 없이
가본 적 없는 곳으로
우리 곁에서 떠나가

희미한 눈빛으로
소주잔에 섞인
가누지 못한
살아있는 슬픔이
되어, 이해할 수 없이
땅속으로 떨어지고

흔들고 가는 바람결에
행복한 눈빛으로
올려다보던 얼굴,
모습 잊지 못한 채

이대로 거침없이
흐르는 맑은 눈물
남았을까, 그리움
너를 닮아 보이는
하얗게 하얗게
국화가 놓이누나

남겨둔 고구마

지나간 시간
입속 웃고 있던
떠나온 시골집
느지막한 오후 무렵
달님이 떠오르는
그리움의 향기
곁으로, 문을 여니
어둠 속 불 켜면
눈을 마주치지 않아도
그렇게나 빨리
열광하지 않아도
척박한 땅에서
잘 자라준 것이

뜨거운 속 마음
우린 함께 있으면
어렵던 살림살이
변변한 흰쌀밥 대신
우리는 저마다
하나같이 물려도
배고픈 시절

철없던 시절, 조바심
잔뜩 허울 좋은
노릇노릇 골고루
익힌 햇고구마
우린 행복하고

김이 모락모락
한 입 베어 무니
속 포슬포슬한 밤고구마
떠오르는 주전부리

좋아서 웃으면
방 안은 참을 수 없는
달콤한 향기가 나
남겨두고 떠나온
노랗게 익은 맛 때문에

침묵할 때

마지막 촛불 태우듯
마음은 비 오는 일요일
미소 잃은 늦은 저녁
첫 번째 모퉁이에서
카랑한 연인의 목소리
창백하게 들려올 무렵
무심한 타종 소리
마음을 짓누르고
전하고 싶은 소중한 말
팻기 없이 맴돌아

하얀 옷 입고
돌아오는 길
쉽게 할퀸 떠들던 말
회색 눈빛에서
마지막 불꽃,
이미 그렇듯
새벽은 아침으로
사랑은 끝없이
머물지 못한 인사
자줏빛 칸나처럼
살아가게 될 거예요

꽃길을 걸으며

길 건너 모퉁이에는
소박하고 윤기 묻은
봄망초꽃 하나하나
피어난 자리에 서서
살짝 어루만지고

세월이 간다, 꽃잎이 진다
내일을 기다리지 않는 것,
알 수 없는 잔인한 운명
감추는 마음 홀로
낯을 붉히기도 아쉬운
많은 나날 지나가고 있다

뉴스로 보는 정치가

혁명 같은 바람을 쐬었는지
그만 좀 하라고 해도
꿰뚫어 본 듯 입만 열면
스스로 대체할 사람이라며
거침없이 부르짖는 목소리
쓰레기 탓 어쩌고저쩌고
불태운 말투까지 빼닮아
시선을 사로잡는 이방인,
너무 붙어 있는 것 같아?

왜 그토록 오랫동안
큰 소리로 한번 웃고
반지르르한 머리에
혁명 같은 바람을 쐬었는지
그만 좀 하라고 해도
놀라운 역할을 맡은 것인지
도무지 바뀔 건 없는지
똑같이 다르다고만 말할 뿐
본질 없는 탓 어디 그뿐일까

오늘만큼은

응고되어 오르는 해
지난날의 순간조차
생각나지 않는 그리움으로
의심 없이 오르는 해
다시 믿음으로부터
생각하는 이유로 눈을 떠
바람에 흩날릴 진심
외롭게 버려진 돌처럼
그대 있기에 애원하고

오늘만큼은
감동 없던 밤이 없던 말들
굽어진 서녘 빛으로,
진정으로 이 순간
가슴속에 보고 싶은 마음
버리지 않고 사랑할테다

고독한 한강

오늘 우연히 지하철
세상 창으로 흐르는 한강
한강 바닥을 내려다보아요
인생의 푸른 강 있어도
조금씩 앓는 마음 때문에
수십 년 동안이나 오래
빛도 없고, 소리도 없이
어둠 속에서 더듬다가,
채 알아보지도 못했어요
그저 무수히 끓어오르는
기다리는 어둠이 찾아오면
제 발소리 들을 수밖에 없어요

달에게 주는 시

한밤에 뽀얗게
홀로 남겨진 달
잠은 안 오고
팔을 두른 여인을
껴안고 누워
바라볼 때 달은

낯익은 끝없는 상상을
길어 올리는 그림
떠난다 할지라도
아픈 삶 가시만으로
버티는 장미는 모를
감춰둔 사랑,
떠올려 보는 것이지요

집에서 노는 백수

아침을 밝히는 해
앞장서 본 적 없고
눈치 보이는 집에서
노는 것 되물을 리 없고
다리 후들거릴 만큼
한 시간을 내달려
달려 본 적이 없다

자연스럽게 하루를 삼킨
가뿐한 기분을 끓어라!
저녁 식탁에 오를
보글보글 된장 끓이는
가슴속에서 남겨진 소리
따끔하게 묻는다

여름 이전 여름 이후에도

바닷바람 나풀대는 여름이 왔는지
밤새도록 귀에 떨리는 매미 울음소리
귀뚜라미 울음 떠밀려와 들릴 뿐이지요

보풀보풀 맨살 부비는 해변 모래알
머금은 내음이 솜털 되어 이내 기다릴 뿐
사흘 밤 집 떠나 내리는 비 맞으며
그대 가슴 보드라운 속살 잊지 않고
거센 바람은 여름으로 가는 길 기억할까요

그러면 어렴풋 냄새만으로 찾아온다고
그 뽀얀 모습으로 기다릴 해변 모래알
아, 한시도 잊지 않고 기다렸으리라
그대여, 춤추는 여름밤 나를 데려가주오

먼 길을 갈 소가 되돌아와

긴박한 눈으로 지켜보았지만
벌써 며칠째인데 소가 안 깨어나
우는 시계 소리에 겁부터 났다
워낙 고초가 심하였는지
별안간, 소는 쉽게 깨어나긴 힘들어
발바닥 잇닿는 끝으로
슬픔은 강물처럼 흘러
속 타는 마음 어떡해야 할지?
정말 못 깨어나는 건 아닌지?

소 등에 얽힌 세월 동안
소를 못 믿는 것이 아니라
꾹꾹 걱정이 되어서인데
어느새 깨어나기만 한다면
걱정 마라, 내가 보약도
제때 사다 주려고 한다
우리 서로 다독이며 인내하자
가는 시간 속으로 깨닫고 기다릴 때
소는 바삐 안갯속에 쓰러지고
멀리 외지로 소가 버려져,
바위처럼 굳건한 젖은 소를
서둘러 강가에다가 묻어주었다

웃는 소의 이름을 불러주던
마을 사람들에겐 말하지 못하였는데,
그런 아픔을 남처럼 사납게
파헤쳐, 키우던 소를 저마다 나누었고
무슨 짓을 하였는지, 내게도
소의 끊긴 숨 무겁게 들고 왔더라
여전히 소의 숨소리 기억하는데

아픔 없이 사람들은 조금씩
예기치 않게 소의 살점을 들고 와
못 찾는 녹슬고 굳어진 아픔

아스라한 용서는 무엇으로, 깊은
상처는 전부 내게로 돌아와 아픈것을
한동안 울고 가는 바람 소리 서럽고
숱하게 눈발을 맞으며 코앞에서
마음 다해 키우던 소를 잃고서야
빗소리는 요란하게 슬픔되어 파묻힌다

복받치는 이른 죽음

밀려드는 이별을
이별을 눈물로써
돌이킬 수 없는 먼 길
떠나는 길 붙잡고
두려워 통곡합니다
쇠잔해진 몸 바닥에 의지해
이부자리 짓누르다가
떼어놓는 한기 서럽습니다

어른거리는 눈망울에
내려오는 꽃잎들 휘어잡고
사랑하는 마음 버리지 못해
행복한 지난날들
여기저기 더듬어 봅니다

가느다란 창백한 입김으로
흩어져 사라져 간다 할지라도
감미롭던 피아노 선율 들릴 때
차라리 눈을 감아 버립니다

찬바람은 늦지 않게 불어와
이른 하늘을 어찌 원망할까,
펼쳐지는 향을 몰고서
아낌없던 사람 곁을 떠나는 날
가슴에 당신의 모습, 사랑입니다

아버지의 고무나무

환한 새벽에 혼자 일어나
두근거리며 바라보는 하늘
하르르 살길 향해 날아가는
새들은 세찬 날갯짓으로
우두머리를 앞장세우고
제 몸 하나둘씩 일제히 날아
힘을 다해 날아오르네

어릴 적 천성이 온순하고
강 건너 말간 편지를 곧잘 쓰던
부지런한 아이는 충혈된
눈으로 높이 비상하는 새처럼
글 읽는 마음 빠트리지 않고
궁금해진 고무나무 내가 걱정하는 것을

처음부터 수군대는 쌓인 친구 한 뜸 없이
제 몸 읽는 아버지와 포옹 없어도
차디찬 그리움 이 밤 하얗게 돌아
샛말갛게 지난 꿈속, 오붓하게
아버지 목덜미를 정답게 감아 보았다

3부

친밀한 관계에서

꽃바람에 보낸 날보다
지금 혼자만의 순간
주어진 시간 틈새로
천천히 나를 다독이며
이른 꽃샘바람에도
털어내 말하지 못한,
그때는 모르고 보낸 날들
가슴에 꽂힌 말들 생각해요

구례 신월동 계산리

구례 계산리 둑길 따라서
창포꽃다발을 꼭 쥔 손은 외롭고
이제 잊을 때도 되었건만,
재넘이에서 불어오는
쇠잔해진 서릿바람은 낯설어

외진 길에 옷소매로
이내 눈물을 훔치며 가박가박
지리산에 비가 내립니다

오래전에는 나무에 올랐건만,
매실 향내음만 갑북 남긴 채
멀어져만 가는 여름밤을 채웁니다
딸 노릇 하는 손에는 반묶음 창포꽃뿐,
한차례 뜸해지는 요양병원으로
찾아가는 발길은 드먹하고
느닷없이 우울한 하늘을 향해
아들 모습이 밟혀 더듬고 그리워
기다림에 지친 마음 흔들어놓습니다

아버지가 살아 계실 때만 해도
자주 찾아뵙고 만날 수 있었는데,
얼마 만에 뵙는지 아득한 백발에
구부정한 허리는 펴지도 못하십니다
그 숱한 세월을 뒤로 보내고
불혹의 아들 생각하는 것만으로
계속 그렇게 옆에 있고 싶었을
낮을 사는 영혼은 달가운 사랑이겠지요

계산댁 어머니를 생각할 때면
당신의 손을 잡고 말하고 말하던,

속에 마음은 사랑받았던 시간들
환하게 밝아져 다시 솟아오릅니다

어머니의 등불

성스런 하늘이시여
어둡기만 한 새벽녘이면
매일 정화수 받쳐 놓고
힘든 날 기쁨과 슬픔 함께
눈물 반 두 손 비비시던
흘러넘치는 사랑이여,

쉼 없이 아미 위 뜬 달 아래
붉은 무우수 나무꽃 피어
당신 가슴에 깨달음 있으리

회화나무 아래 단꿈

어느 여름날
산이 푸르러지면
길가에 외로이 홀로
활짝 펴있는 꽃
밀짚모자 쓰고
먼 자연의 첫 푸름은
수줍고 짧은 사랑을
한숨짓고 머물러,
이 순간 낮꿈은 달다

내 마음은

만개한 봄 새싹 돋듯
내 마음은 광목처럼 펼쳐져

산그늘 멀리 꾀꼬리 소리
목까지 차올라 매달리네

기다리는 어둠 밝혀 놓고
붓을 놓지 않은 모습 되살아나

어느 봄기운 가득한
봄 풍경을 그린 그림 속,
내 마음 파묻혀도 좋으리

오얏꽃

가지 위 푸르름 하늘에 닿을까
너와 마주 앉은 울렁대는 가슴
너울대다가 이슬이 내리네

풋여름 살갑게 불어온 바람
오얏꽃, 보기만 해도
달 향기 베어 문 것처럼

하얗게 하얗게 꽃송이 파고들면
그리움 흩어지고 꽃물 터트리네

어쩌면

남몰래 첫날밤을 보내고
밤새도록 은은한 형광등 아래
따라온 남겨진 그림자 속
서러워하지 않을 가슴 품었다

그를 위해서 하루에 단 한 번
슬프다가도 침묵이 자라나
눈물방울 뒤돌아보는 이 사랑

설레는 남자

희뿌연 하늘 따라
한참 길을 걷다가
내 마음 알고 있는
가슴에 감싸여
반짝이는 호숫가
시냇물은 흘러서
평생토록 기른 머리
짧게 자르게 한

내 눈빛을 다 가진
마음 아프게 한 사람
뒤돌아보아도 한낱
꿈속에 우리였다고,
말 못 한 아찔한 한숨
안아주듯 기억들이
오래오래 남아서
가슴에 넣고 사라지네

장미의 계절이 오면

달콤한 울타리 밖으로
그리워하는 시간이여
날 모여든 섬
외롭게 에워싸고
난 활짝 피어났으니

봄의 맺었던 생각
가까이에서 속인
꽃잎은 말할 수 있게
스스로 마음속에서
손가락 끝에 꽃잎
한 장 입맞춤을 보내니

꽃이 지는 순간
우수수 밀려드는 그대여
하루걸러 끝없이
피어나는 마음
무심히 쳐다볼 테니까

아가씨가 되어

바로 그 꽃에
나비가 날아들고
비 개인 맑은 날
누군가 깊게
활을 당겨 사랑하던
옛 시절 분홍빛
꽃잎 한 송이
그윽하고 향기로와
밤에는 별이 그립듯
내 가슴에 한없이
스미는 날아가는 노래

가슴속에 핀
영롱한 꽃잎 한 송이
목청껏 아가씨,
혹여 그녀일까 몰라
그 누가 쳐다보네
발그레, 그리움 한 줌
울타리 넘어 쏟아내며
그래요, 자청해서
아름다움이 되는
사람들이 있거든요

평생 그리워할 사진

아직은 이른 봄
숲의 고사리 싹이 약하게
돋아나 땅에 고개를 내밀고
늙어 주름지고 변한 눈매와
조금은 굽어버린 몸으로
변하지 않고, 키우고 사랑했음을
꽃 피는 꿈에서나 만나 볼 낯선
영정사진 속 엄마의 옅은 미소,
여기, 지켜 섰는 자리
쉼 없이 울릴 모진 맘

밤낮 하루도 빠짐없이
마냥 행복할 수 없어 큰 한숨
철없어 알지 못했던 손짓을,
저버린 낡은 시름 흩어지는
허물 미루어 회상할 뿐입니다

평생 가까이서 자라고 싶었고
무수히 밤낮으로 떠먹여 주던
사무치는 한없이 애끓는 가슴,
꽃물 드는 새벽녘

떠나가는 이별, 잡히지 않는
심장소리 이어지는 머나먼 길,
끝내 파고든 인생 부둥켜안습니다

새하얀 국화꽃 놓인 곁에
백지 위 지쳐 '이골난다는 말'
그리고 떠도는 슬픔을 싣고
이 세상 마지막 고개를 떨구고
멈추어 영정사진 품에 안겨
끝내지 못할 힘겨운 그리움아

꽃 피는 지나온 언덕길에
벌써 감춰진 머리 희어지고
빈자리 귀퉁이에서 저만치
서러웠을지 모를 울음소리
가지 말아요! 붉게 타는 하늘
돌아오지 않을 길을 떠올리며
"엄마…"
가슴 가득한 넘치는 사랑
나 오랫동안 어찌 잊을까요?

더 갈 수 없어 눈물이 쏟고,
먼 하늘 닿아도 아직 마음은
얼룩진 하늘에 눈물짓습니다

전쟁이 평화에 이를 때까지

그대 어린 시절부터
미풍이 한들한들 춤을 추는
그 익숙한 거리에서
끊임없이 핀 자연의 첫 꽃잎은
참으로 사랑이겠지요
밤새도록 불을 켜놓고
꽃나무를 바라보는
마당 바깥으로 곱게 뜬 해와 달
이곳에 아름다움을 바라볼 때
나의 삶으로 살아가게 될 거예요
이 글을 쓰면서 눈물이 납니다
후생에서 느닷없이 닥칠 미래가
두려워 마음 소롯이 추억 속으로
한 생각 홀연히 가슴 아려집니다

계절마다 땅 위에 피는 꽃
군데군데 흔들리는 민들레
서서 바라볼 때, 젖은 눈물이 슬픔이
금세 불안한 마음 끝을 헤맵니다
심장은 타오르는 희망을 쥐고
무딘 어둠이 가까이 오지 않길 바라며

달빛 별빛도 어둠 속에서 빛을 냅니다
얽힌 감정은 두고두고 후회할 것입니다
사그라지지 않는 분노가 용기가 되어
처음 봤을 때 누구에게나 평화로운 햇빛,
오늘 태양처럼 뜨거운 사람들이라면
우리는 분노하지만, 평온한 집에서
서로가 머물 수 있는 일상이 필요합니다

견디지 못할 전쟁의 아픔을 묻기 전에
죽기 전에, 평화로운 소원을 들어주소서

고아한 동백섬

바람을 따라서 걸으며
들리는 매끄러운
파도소리 한가로와
문득 그대에게서
걸려온 전화벨 소리
파도처럼 사랑한다는
마음 닿았다가
먼저 가버리네

지나가는 초봄

춘분(春分)이 내게 와
해종일 꽃샘추위를 덮던
비탈진 내리막길에서
그늘진 곳 볕뉘는 틈새로
눈치 볼 일 많은 고양이
목젖이, 날 부르는 소리
온몸 번지듯이 사운거린다

3월, 채우지 못한 감정

도시 한복판 이유 없이 밟히는
잡초에게는 원망스럽게도
오히려 쉽게 소리 지르지도
못하는 일이 생기는 것이다
비실비실 햇살을 내리받으며
앞다투어 싹 틔운 이 때에

봄나물 제쳐두고 흙과 함께
바닥 여기저기 붙어 밟히는 것을
그때 잊히지 않는 먼 사람 냄새
이토록 사랑할 줄, 깨달았더라면
밟혀야만 퍼트릴 수 있다는 사실,
그땐 모르게 웃음이 새어 나왔다

조건 없는 3월, 땅속에서부터
와, 비로소 나도 모르게 깨달았고
다행히 나는 한 사람 추억하고 많은
이야기 나누면서 하염없이 이어진다

노란 복수초

한 무리 날아간
새소리 따라
한가로이 지나가는
흰 구름 넋 놓고
물든 하늘 바라본다

시간이 흐를수록
그리움 가득한 날,
거슬러 사랑이 싹트는
인연을 맺어 줄
전생의 우리 이야기

오직 마음에 내려앉는
먼동이 트는 날
꿈길 향해 달려오면
그 하늘빛 어찌 잊을까

꽃샘추위에 서서

파르르 어느 새가
대신 물고 왔나,
차가운 겨울밤 비추는
희맑은 달빛 심어 놓고
대신 전율하듯
구구절절 굽어버린
고단한 남은 슬픔
깊숙이 숨겨두어라

수줍은 작약

어디까지일까요
겉으로나마 잃고 싶지 않아요
저는 오랜만에
가슴 설레는 오늘 하루였어요

때이른 여름이면
이것저것 알려주셨는데
너무 멀어서 아쉬움만 남겼어요
싱그러운 초록색 숲의 소리
살며시 눈 감아버렸지만

우연히 눈앞에 서 있는
아늑한 그분 계신 곳
사랑스러운 얼굴 환하게 밝히고
따스한 저편 이 계절에
아직은 나푼나푼
꽃 피우지 않겠어요

봄인가

가까이에 있는
호젓이 앉은
찻집에서 이제
사랑스럽게
리듬을 타고
마치 아스라이
흐르는 봄처럼
눈 감은 바람결에
봄꽃을 그리며
핫초코 한 잔
마주하고 있는
시간 훗훗하다

빠져드는 하늘

샛노란 은행잎
멈출 수 없는 그림처럼
저마다 사철을 장식한
꽃들과 밤하늘의 별들
지금까지 반짝여 어둠 속
생각 하늘을 수놓을 뿐
정녕 알 수 없는 가치
이렇게 바라보는 것이네

친밀한 관계에서

어떤 현명한 사람이
움츠린 외로움이나
고독이 드러나게
낄 틈 없이 보여도
땅속 나무뿌리 같은
상처가 될 가시 같은 말
마음에 담아둔다면
깊은 상처가 날 수 있지요

꽃바람에 보낸 날보다
지금 혼자만의 순간
주어진 시간 틈새로
천천히 나를 다독이며
이른 꽃샘바람에도
털어내 말하지 못한,
그때는 모르고 보낸 날들
가슴에 꽂힌 말들 생각해요

두 뺨을 때리며 부는 바람
남은 상처는 언제라도
나를 차곡차곡 덮고 견디며
솔직히 기다린 시간만큼
나는 당신을 귀하게 여겨서
더 마음이 가기 마련입니다

4부

만나러 갑니다

바라보는 금빛 마음,
이곳에 이를 때까지
결코 변하지 않으리니
아, 정말
빨갛고 노랗고 단풍 든
지금, 그대는 어디쯤
내게 오고 있으려나

인간관계

가족이 없이도
일상을 즐겁게
아무 일 없이 보내는
평화로운 모습
어느 날 뜻 없이
순간 편애하는
어떤 꿰맨 말을 했건
상흔이 남아 있는
흔적이 아니라
당신이라는 사람
자체로 내게 남는다

겨울밤

한참을 출렁거리며
부서지는 겨울 파도소리
그리운 바람 내게 안겨올 때

뜨거운 그대의 눈빛은
감추지 못한 담묵처럼
산봉우리 위로 올려지고

마침내 방향도 없이
저 띄운 달빛 가까이로
빈 가슴만 펄럭이는 것을

독도의 눈

오, 하늘 은빛 꿈은
결코 지워지지 않는
새벽빛으로 밝히고
하얗게 넘치는 파도
그을린 젖은 바윗덩이
여기 있어 자연스럽다

푸르름 속에 괭이갈매기
날으는 가슴은 애태웠지,
평생 잊지 못할 목소리들
흙 속에서 빼곡빼곡
뿌리가 뽑히지 않는
꽃들이나 풀들이나
꺼지지 않는 우리의 땅
미래를 바라보며

비로소 소중한 잎을
함께 피운다는 것을
꺾이지 않고 높게
그곳에 해가 비추면
더는 외롭지 않으리

오랜 세월이 흘러도
뜨거운 자궁 속의 땅
묻고 두드려 보아도

끝내 흐르는 혈맥으로
잦아드는 감동의 이름
빼앗길세라
태극기 펄럭이는
잠들지 못한 독도여!
겨울바람 물결치고

이토록 붉은 가슴속
우리의 강인한 금빛
땅, 고귀한 섬이여!
우리의 영원한
피 같은 독도여!

겨울빛

빛이 내리는 창가로
고운 볕 달구는 햇살
마음은 세월 따라서
앞으로만 흘러가는 것을
뒤따라오던 쓸쓸한 바람
텃밭에 꽃씨를 심고
마른 꽃을 피우기 위해서라면
마음 기르는 것을 알 테니까

낙엽 그리고 겨울

밤인 듯 낮으로
목숨 걸고
고개를 들어
날아드는 새
살포시
하루아침에
먼지까지 덮고
고개 숙인 서리
가을을 보내는
부르튼 입술
고통 없이 무너진
끝내 화려한 낙엽,
서운함이
물들어 남아있는
공허한 낙엽,
떨어질 때 쳐다본다

가을 억새

해 질 녘 제주
한 곳에 흩날려 떨어져 가는
만발한 황금빛 억새
넘실넘실 목메어 운다

제주도의 밤

희미하게 스치는
칠흑 같은 어둠
쏟아질 것 같은
별과 나 사이에
까만 눈으로 날
위로하며 감돈다

겨울, 제주도

눈이 밟혀
겨울산 걸린
서녘 석양은
제주 외도동
새하얗게
길을 밝히고

두 눈 감고
호, 부는 입김
따뜻하게
끓어오르면

어디선가
내 마음까지
맑게 다가와
뒤돌아본
당신 부를까

바다 너머 제주도

실바람에 흩뿌려지는
꽃잎에도 눈길을
쓸쓸히 멈추었고
바람에 몸을 실어
기억하지 못하는
잊어버린 시간
감도는 빛을 잇달아

어느새 눈앞에는
끝없이 드넓은,
한참을 바라보고 싶은
남빛 바다가 펼쳐져
환호성을 지르네

만나러 갑니다

산자락을 따라
차밭 이랑이
너울거리는
곡선이 아름다워
앞선 마음
선명하여, 높이
하늘색 빛깔로 하늘에
짙게 붓칠하고
내 안에 잠자고 있던
마음은 유독 첫 잎 같아

새벽은 낮으로, 주저 없이
끝없이 내게 묻고
길은 끊기지 않고
숨 가빠올 때까지
한 걸음 한 걸음 내디뎌
외롭지 않게 달리고
달려서 어느덧
하늘에 새겨놓고

바라보는 금빛 마음,
이곳에 이를 때까지
결코 변하지 않으리니
아, 정말
빨갛고 노랗고 단풍 든
지금, 그대는 어디쯤
내게 오고 있으려나

은행나무 아래서

숲은 바람결에
나직하게 출렁이고
이런저런 육 남매
부산 하꼬방에서
하늘의 꿈은
그저 우윳빛으로
서로의 까만 눈동자
응시하지도 못하고

끌리지 않은 낯선
안간힘을 쓰다가
고꾸라진 아버지
등쌀에, 한 겹씩 껍질을
벗어날 문턱을 찾아

흰 구름 사이
겨울은 하얗게
누구에게나
사랑받길 애원하는
개억새 떼처럼
본색을 드러내어

기회만 오면
짹짹 짹짹짹
하얀 대지 위로
회한 쌓이는 시간은
기울어진 시간들이었다

집으로

조용한 달밤
자식 모두를 객지에
보내놓고 꿈을
꾸는 것 같아
걱정이 많으셨다

발길이 닿는
바람이 불어대는
들판은 그리움만
두고두고 노래하니
달빛이 가득하여도
반듯한 집 월세방
하나 구해주지 못한
처지를 자책하셨고

헤아릴 수밖에 없는
목마른 자식
뒷바라지 걱정은
곧이어 넓게
숨소리 날개를 펼쳐

그런 유난스러운
모습이 떠오르면
살가움이 묻은
토라진, 나의 집으로
남아 영혼은 날아간다

숏커트

초조함이 커져
찬바람 아찔하게
긴 머리카락을
흔들어 놓고

잠시 멈춰
바깥을 바라보며
망설이는 사이
그동안 몰랐던
새로운 변화

얼마나 예쁜지
윤기 나는 이마 위로
쓸어올린 머릿결,
위로받은 기분이다

오, 참으로
매력적으로 탈출한
다시 태어난 듯한
웃고 있는 모습
그림 같은
하늘에 겹겹이
붉은빛이

덧칠해진 저녁
화사한 바람 불어
발길 닿는
곳으로, 뽐내면서
거닐어도 좋겠다

임이시여, 홍랑

한평생 추억은 어찌 말하랴
나를 안아주며 등 쓸어주던
순간부터, 감정은 임을 향해
나도 모르게 베인지라
이날토록 떠돌아다니며
목이 메어 인사말도,

잊지 못할 마음은 젖은 눈물로
날마다 기다리는 시린 가슴
먹구름 내려앉을수록
손꼽아 임이 떠나가지 않도록,

차가운 눈 속 매화 한 송이
붙잡고 있는 것은 계절뿐
몰아치는 뜨거운 숨결
지금도 거짓 없던 마음 밀려들고

아껴주던 웃음은 희미해져
어디에도 없던 서러운 마음
아, 바람은 처음부터 겨울바람
가도 가도 영영 닿지 못하는

임 계신 하얀 길 따라
임 찾아가지도 못하고,
꽃잎 하나 떨구지도 못하고
그립고 늘 보고 싶은 그리움

주체할 수 없이 쏟아지는
서럽게 우는 이내 몸 견딜 뿐
겨울 새벽 달빛으로도

이제는 볼 수 없는
"사랑하는 임이시여!"

어디서, 낭자한
날 붙드는 가야금 소리
귓가에 매번 아려옵니다

꼬리 무는 의혹

햇살도 숨은
멀리 검은 산으로
미간 힘주고
쉬지 않고 오른다

밟히는 돌멩이
다 부스러져
모르는 길마다
저만치 앞서가는
보이는 상황이야말로
최악의 경우다

나를 의심 했을까?
누굴까?
계속 불이 나는 듯
고르지 못한
너덜거리는 심장

결국 숨 고르지 못해
뼈마디 마디마다
힘들다고 외치는
떨려오는 숨소리

걸음마다 쌓인
미련 돌아보고
머뭇거려진다면

제발 그 외로움
자작나무숲 길에
접어 묻고 오세요

달밤은

집으로 가는 길은 늘
흔들리는 외진 가로등
희미하게 불을 밝히고

밤하늘엔 묻힌 별
머뭇머뭇 앞서가
물결치듯 가득해도

젖은 밤 달빛을 보고
우는 여자처럼, 추억이
먼저 발길에 다가왔기에

이별의 그림자

가 버린 잿빛 그림이라
쓰린 내 가슴은 찬바람
휑하니 찬바람만 불었고

녹아버리던 햇살 사이로
종일 창문을 밀고 보이는,
아프게 산 꿈이면 좋으리

늦은 계절을 떠나 놓친
아린 마음이 온 후에야
오늘따라 그립고 보고 싶어
지나는 그림자 타오른다

그대 보내고

산 위에 있는
반달이 뜨는 밤
처음부터 바람은
더디게 불어와

한 몸 같은 그 향기
만나고, 비 맞으며
귀갓길 적시는 것도
모르시는 것을

미안하다는 말 대신

겨울 담장 밖에는
가랑비가 내려요
축축한 날씨 속에서
다투던 그 밖에
무슨 말을 할까요

그러다 문득 어디선가
개 짖는 소리가 들려요
저는 담벼락 둑에 피어날
자잘한 들꽃들을 떠올렸고
서로가 서로를 연결하듯

손 붙잡고 봤을 때처럼
가슴속 뿜어져 멍울지는 생각
잊지 않고 나를 좋아해서
보던 바로 그 눈짓이라면

덧나지 않고 부는 바람
달려들어, 온기를 올려놓고
그 밖에 언제부터인가
가슴 한편 고인 불빛 흔들려
위안이 밀려들고 있어요

행복

햇살이 비치는
꽃물 드는 창가에
사랑하는 이와
함께라면 좋아요

그 눈빛 마주한
햇살이 아름다워
스며드는 가슴은
나직하게 출렁이는
탐스럽게 영그는
자줏빛깔 포도

찬 들판으로 바람 불고
밤하늘 별이 환한 날에
날개를 넓게 펼치고
집으로 곧게 날아가

내게 주신 선물로,
사랑하는 그대여
다정하게 다가와요